Nina Lynggaard Jørgensen

# Über den Umgang mit schwierigen Eltern

## Warum sind eigentlich immer wir Teenager schuld?

Aus dem Dänischen von Franziska Hüther

ARCTIS

Die Originalausgabe erschien 2019 unter dem Titel *Den lille håndbog om håndtering af vanskelige forældre* bei Muusmann Forlag, Kopenhagen.

MIX
Papier aus verantwortungsvollen Quellen
FSC® C002795
FSC www.fsc.org

Deutsche Erstausgabe
1. Auflage 2021

Veröffentlicht 2019 bei Muusmann Forlag, Kopenhagen.
Übersetzung: Franziska Hüther

Die Innenillustrationen stammen von Colourbox und wurden grafisch aufbereitet und angepasst von Inge Lynggaard Hansen
Satz: Dörlemann Satz, Lemförde
Druck und Bindung: Livonia Print, Riga, Lettland
ISBN: 978-3-03880-052-1

www.arctis-verlag.de

Folgt uns auf Instagram unter
@arctis_verlag

# Bist du auf Instagram?

Manchmal braucht es für die Verständigung mit den Erwachsenen ein bisschen Geduld. Mich würde interessieren, vor welchen Herausforderungen ihr mit euren Eltern steht – und wie ihr damit umgeht …

Sucht mich auf Instagram unter *@ninalynggaard* und erzählt mir davon (schreibt gern auf Deutsch). Und wenn ihr öffentlich etwas zum Thema postet, könnt ihr *#parenty* benutzen, damit andere Teenager eure Erfahrungen sehen und davon lesen können.

© privat

# Das sagt der Arzt

Wir Erwachsenen haben immer recht. Und wir wissen ganz genau, wie die Welt funktioniert.

Wissenschaftlich betrachtet können Teenager sich zum Beispiel schlechter in andere Menschen hineinversetzen als Erwachsene, weil sich der vordere Bereich ihres Gehirns noch in der Entwicklung befindet. In diesem Bereich sitzt das Sozialverhalten und die Fähigkeit, Impulse zu kontrollieren.

Gleichzeitig leidet das Teenie-Gehirn unter chronischem Jetlag, was bedeutet, dass es abends nicht ins Bett will und, wenn es nach ihm geht, morgens am liebsten lange schlafen möchte.

So ist es, und wir Erwachsenen wissen, dass das Benehmen der Teenager im Grunde der Chemie in ihrem Gehirn geschuldet ist. Myriaden von Botenstoffen und Hormonen sind die Ursache für ihr verrücktes Verhalten.

So ist es. Das wissen wir Erwachsenen. Aaaaber haben wir da wirklich recht?

Nina Lynggaard Jørgensen betrachtet das Ganze aus einem anderen Blickwinkel. Was, wenn all die Reibereien zwischen Teenagern und Erwachsenen in Wahrheit dem chemischen Feuerwerk geschuldet sind, das im *erwachsenen* Gehirn sprüht, während das Kind ein Teenager ist? Ist womöglich die Chemie im Körper, die für die teils recht chaotischen Wechseljahre bei Frauen oder die peinliche Midlife-Crisis bei Männern verantwortlich ist, der Grund für das schwierige Zusammenspiel zwischen Teenagern und Erwachsenen? Sind es in Wahrheit die Erwachsenen, die eine schwere Phase durchmachen?

Ein cleverer Gedanke der 15-jährigen Autorin. Nina ist gewitzt, humorvoll und schlau. Und häufig werden wir ja, wenn wir die Dinge aus einem anderen Blickwinkel betrachten, alle ein bisschen klüger.

*Peter Qvortrup Geisling, Arzt und Journalist beim Dänischen Rundfunk*

# Ich hab es so was von SATT, dass das Wort TEENAGER negativ benutzt wird!

*Denn was, wenn in Wahrheit nicht der Teenager eine schwere Phase durchmacht – sondern die Eltern?*

Dieser Gedanke kam mir vor zwei Jahren. Mir ist damals aufgefallen, dass viele Erwachsene erst dann Kinder kriegen, wenn sie selbst schon über 30 sind. Das heißt, wenn das Kind das Teenageralter erreicht, kommen die Erwachsenen in die Wechseljahre. Als ich 13 war, wusste ich bloß nicht, dass es so etwas namens *Wechseljahre* gibt.

Deshalb erfand ich den Begriff ***Parentyphase***.
Er umfasst sowohl die Wechseljahre bei Frauen als auch die Midlife-Crisis bei Männern und entsprechend wird er in diesem Buch verwendet.

Ich hatte das Gefühl, als hätten die Erwachsenen etwas vor mir geheim gehalten – oder jedenfalls keine große Eile gehabt, mich einzuweihen. Als ich das Phänomen näher untersuchte, stellte ich fest, dass diese Wechseljahre mit **Hormonveränderungen, Stimmungsschwankungen, Schlafstörungen, beginnender Demenz** usw. einhergehen.

**AND GUESS WHAT** – erinnert das nicht ein ganz klein bisschen an die Symptome der Teenagerphase? Hoppla!

Wie kann es sein, dass so viele Bücher über die »schwierige« Pubertät geschrieben werden, wenn die Wechseljahre so viele Parallelen damit aufweisen? Drehen wir den Spieß doch einfach mal um: Jetzt schreibt zur Abwechslung mal jemand aus Sicht der Teenager ein Buch über die Wechseljahre und wie *wir* damit umgehen.

Das Ganze hat eigentlich als Witz angefangen: Ich hatte über die Frage nachgegrübelt: *Was, wenn es in Wahrheit umgekehrt ist?* Wenn also gar nicht die Teenager in eine schwierige Phase kommen, sondern ihre Eltern?

Als ich meiner Mutter von meiner Theorie erzählte, meinte sie, das sei ein interessanter Blickwinkel – ich solle doch ein Buch darüber schreiben. Erst war mein Ziel einfach nur, meine Gedanken festzuhalten und sie anschließend zu einem Buch zu ordnen. Dann kam mir plötzlich die Idee, das Buch wirklich zu veröffentlichen, und als ich meinen Freunden davon erzählte, fanden alle die Idee super. Tja, so kam das – und jetzt teile ich also meine Gedanken mit euch.

(Eltern sind natürlich auch herzlich eingeladen mitzulesen 😉)

# Wenn zwei Menschen beschließen, ein Kind zu kriegen …

In dem Moment, in dem das Kind geboren wird, passiert etwas im Körper der frischgebackenen Eltern. Sie verspüren einen beinahe tierischen Instinkt, ihr Kind um jeden Preis beschützen zu müssen. Manche Elternteile lassen sich als Henne mit breiten Flügeln oder als gefährlicher Löwe beschreiben, wenn sie über ihr Baby wachen.

Wenn das Kind größer wird und anfängt, selbst zu denken, lernt es, seine Eltern wertzuschätzen, und schaut zu ihnen auf. Es schenkt ihnen jede Menge Aufmerksamkeit und die Eltern sonnen sich darin.

Am liebsten will das Kind *pau-sen-los* mit den Eltern zusammen sein und zum Beispiel backen, basteln oder an den Strand gehen, um Steine zum Anmalen zu sammeln. Es kann gar nicht genug mit seinen Eltern zusammen sein. Aber das währt nicht ewig. Zu diesem Zeitpunkt wissen die Eltern bloß noch nicht, dass es irgendwann aufhört. Vielleicht vergessen sie, diese Zeit zu genießen, oder sie sind mit anderen Dingen beschäftigt – ihrer Karriere zum Beispiel.

Die Eltern kümmern sich in dieser Phase um alles, was das Kind nicht selbst tun kann. Dazu zählt unter anderem, eine Plastiktischdecke auf den Tisch zu legen, die Farben zu holen und dafür zu sorgen, dass die Pinsel nach dem Malen ausgewaschen werden, damit sie beim nächsten Mal wieder benutzt werden können.

Es ist Aufgabe der Erwachsenen, diese Rahmenbedingungen für die gemeinsamen Aktivitäten mit ihrem Kind zu schaffen. Wird das Kind dann älter und selbstständiger (mit etwa 6 Jahren), müssen die Eltern es in die Schule bringen und ihm bei den Hausaufgaben helfen.

Das Kind braucht seine Eltern immer noch und so bleibt es etwa bis zum Teenageralter, also ungefähr bis zum 13. Geburtstag.

**JETZT ist der Punkt erreicht, an dem ich mich an dich wende, Teenager:**
Du denkst vielleicht, du brauchst deine Eltern nicht mehr so sehr wie früher.

Vielleicht hast du inzwischen gelernt, allein zurechtzukommen, und glaubst, die Hilfe deiner Eltern seltener zu benötigen.

Du kannst jetzt eigenständig die Tischdecke ausbreiten, damit keine Flecken auf den Tisch kommen, allein die Farben heraussuchen und anschließend die Pinsel auswaschen.

Das bedeutet, du bist in der Lage, eine Handlung zu durchdenken und deren Konsequenzen vorherzusehen. Das hast du gelernt, indem du deinen Eltern wieder und wieder bei allem zugesehen hast.

Erfahrung hilft dabei, sich Dinge zu merken und Neues anzueignen. Vor allem, wenn man etwas mehrfach gehört oder gesehen hat – dann bleibt es besser hängen.

Statt dieses Stadium zu feiern, bekommen die Eltern zunehmend das Gefühl, die Kontrolle zu verlieren.

Ich stelle mir das so vor, als würde ich ein riesiges Schloss mit Tausenden verschlossenen Räumen besitzen, zu denen meine Eltern, meine Lehrer und andere Erwachsene die Schlüssel haben. Immer dann, wenn ich etwas Neues lerne, erhalte ich einen Schlüssel, mit dem ich einen der Räume aufschließen kann. Die Erwachsenen verlieren unterdessen jedes Mal einen ihrer Schlüssel. Zu diesem Zeitpunkt beginnt sich ihre Identitätskrise bemerkbar zu machen. Denn du lernst nun auch Dinge, von denen die Erwachsenen ganz vergessen haben, dass sie sie selbst einmal erlernen mussten: nämlich die Lust und die Freiheit, auf eigenen Beinen zu stehen, ohne dass sich die Eltern allzu sehr einmischen.

# Die Zeit der Orakel ist vorbei

Deine gesamte Kindheit hindurch hast du vielleicht gedacht, dein Vater hieße Google und deine Mutter Siri mit Zweitnamen. Nach der Geschichte mit dem Weihnachtsmann dürfte das die zweitgrößte Lüge sein, an die du je geglaubt hast.

Obwohl deine Eltern dir lange Zeit praktisch alles einreden konnten, schleicht sich ganz allmählich ein Verdacht ein, bis du dann eines Tages erkennst: **SIE WISSEN NICHT ALLES.**

Du machst zum Beispiel Hausaufgaben und brauchst die Hilfe deiner Mutter, um mittels eines Theodolits die Höhe eines Gebäudes zu berechnen. Da kann es passieren, dass sie zögert und fragt, ob du nicht einen Klassenkameraden anrufen könntest. Aber sie sagt kein Wort. Also davon, dass sie selbst keine Ahnung hat.

» *Wie entsteht ein Blitz?* «, frage ich meinen Vater. Er schaut mich lange an, während er » *Ähhhhhhhh* « murmelt. Dann wird er von meinem großen Bruder gerettet, der mir den Zusammenhang erklärt. Aus irgendeinem Grund wirkt mein Vater erleichtert.

Als Teenager musst du darauf gefasst sein, dass deine Eltern nicht unbedingt zugeben werden, nicht allwissend zu sein.

Sie brauchen Zeit, um der Angst ins Auge zu sehen, und viel Ruhe, wenn es schließlich so weit ist und sie zum ersten Mal die gefürchteten Worte aussprechen müssen:

An dieser Stelle musst du Nachsicht zeigen. Du hast das zwar schon länger kommen sehen, aber für deine Eltern ist es womöglich vollkommen neu.

Vielleicht wird deinen Eltern jetzt erst klar, dass du sie durchschaut hast. Bisher warst du diskret und hast so getan, als ob du nicht bemerkt hättest, wenn ihre Antworten ausblieben – oder direkt falsch waren. Und als rücksichtsvoller und großmütiger Mensch hast du nichts gesagt. Aber früher oder später kommt sie:

**die Offenbarung.**

Das ist der Moment, in dem deine neu erworbenen Charakterzüge in Erscheinung treten sollten:
Zeige Verständnis und Empathie.

# »Bevor wir Kinder kriegen, müssen wir schnell noch all unsere Träume verwirklichen«

*Und wenn sie nicht in Erfüllung gehen, dann sollen meine Kinder sie für mich erfüllen.*

Früher bekamen die Leute schon in sehr jungem Alter Kinder – so etwa mit 18. Heute passiert es meist später; viele bekommen sogar erst mit 35 oder 40 ein Kind. Das ist ungünstig, weil dann die Teenagerphase *(oh Mann, wie ich dieses Wort hasse)* mit den Wechseljahren zusammenfällt. Oder, wie ich sie nenne: der **Parentyphase**.

Einer der Gründe, weshalb man früher schon so jung Kinder bekam, war vielleicht, dass die Kinder gebraucht wurden, damit sie bei der Arbeit helfen konnten. Man war auf sie angewiesen. Das Ziel im Leben war es, Kinder zu kriegen – eine Familie zu gründen, um überleben zu können.

Heute ist das alles anders. Heute dreht sich das Leben darum, Erfolg zu haben und einen Haufen Geld zu verdienen. Mehr, als man zum Überleben braucht. Und man muss möglichst viel Party machen. Das geht schwer mit einem Baby im Arm.

Bevor man anfängt, übers Kinderkriegen nachzudenken, denkt man hauptsächlich an sich selbst. Man muss doch sooo viel erreichen. Man muss eine anständige Ausbildung erlangen, einen guten Job finden, Geld verdienen, ein Haus kaufen, den perfekten Partner angeln. Also stressen sich die Erwachsenen mit Tinder und Gott weiß was ab, um den richtigen Menschen fürs Leben zu finden.

Früher war das leichter. Man schaute sich um, und wenn man jemanden entdeckte, der interessant aussah, schlug man zu. Meine Großeltern haben das so gemacht. Die sind jetzt seit 65 Jahren verheiratet. Gab es ein Problem, dann löste man es und vertrug sich wieder.

Eine andere Grube, in die die Erwachsenen fallen, ist der Irrglaube, Kinder seien dazu da, die eigenen unerreichten Träume zu erfüllen. Vielleicht hat sich ein Elternteil als Kind gewünscht, die perfekte Ballerina zu werden, ist es aber nie geworden. Dann setzt es alles daran, dass sein Kind den Traum wahr macht.

# Die Emptyphase

*Empty nest*. Wenn das Kind das Alter erreicht, in dem es von zu Hause auszieht, haben die Erwachsenen weniger zu tun.

Gedanken wie »*Was soll ich mit meinem restlichen Leben anfangen*« sind sehr präsent – sowohl beim Erwachsenen als auch beim Teenager.

Möglicherweise haben die Eltern ihren Menschen fürs Leben gefunden – in einigen Fällen sogar mehrere Male. Sie haben eine Berufsausbildung. Arbeiten vielleicht in ihrem Traumjob. Haben ein Haus gekauft. Und die ganze Welt gesehen. Was bleibt dann noch? Der Ruhestand? Der wartet schon am Horizont. Und erinnert sie daran, dass sie langsam alt werden. Dann kommt die Leere. Etwa zeitgleich mit den Hitzewallungen. Und den Kilos, die sich immer schwieriger loswerden lassen. Vielleicht wird nun ein Motorrad gekauft. Oder ein Mountainbike.

Wer soll den Erwachsenen durch diese Phase helfen? Pass auf, dass du es nicht bist. Jetzt bist *du* nämlich an der Reihe, deine Ausbildung zu machen, fett Kohle zu verdienen und um die halbe Welt zu reisen.

Du kannst den Erwachsenen aber dabei helfen, sich neue Hobbys zu suchen, jetzt, wo sie auf einmal so viel Freizeit haben. Schenk ihnen Golfausrüstung zum Geburtstag. Damit können sie seeeeehr viel Zeit totschlagen. Oder ein Dutzend Garnknäuel, ein paar Stricknadeln und Anleitungen für coole Wolldecken. Oder supergute Schuhe, Wanderstöcke und eine Karte für den spanischen Jakobsweg. Vielleicht ein Fahrrad, und erzähl ihnen, wie gut ihnen Radlerhosen stehen *(haha)* – halte die Erwachsenen auf Abstand.

# Die Parentyphase

***ParenTY*** *ist ein Wort, das ich erfunden habe, und es beschreibt das Alter, in dem sich Eltern befinden, wenn sie ins* **ForTY**- *oder* **FifTY**-*Alter kommen.*

*Jetzt wird es richtig spannend …*

Die Parentyphase fällt nämlich leider mit der Pubertät zusammen. Das muss man sich mal vorstellen – welch ein Aufeinandertreffen unglaublich unglücklicher Umstände.

Die Parentyphase ist eine Umformulierung der Wechseljahre.

Ich finde es interessant zu untersuchen, inwieweit sie die Beziehung zum Kind beeinflusst. Während der Fokus sonst immer darauf liegt, einen *Teenager* im Haus zu haben *(uhhhh)*, möchte ich mir lieber anschauen, wie es ist, ein Elternteil im Haus zu haben, das gerade die Parentyphase durchmacht.

Die physiologischen Schwankungen des Körpers setzen beim Erwachsenen und beim Teenager parallel ein. Beide Parteien haben also durchaus eine gute Entschuldigung dafür, weshalb sie sich manchmal ein wenig merkwürdig verhalten. Aber an der Art, wie wir alle damit umgehen, sollten wir vielleicht ein bisschen arbeiten. Ich finde, die Erwachsenen könnten hin und wieder ruhig etwas entspannter reagieren. Wir Teenager halten ihnen in der Regel nämlich nicht vor, dass sie in den Wechseljahren sind.

Das ist der eigentliche Grund, warum es meiner Meinung nach ein Buch wie dieses braucht: Es gibt so viele Bücher über das Teenageralter und den Umgang mit pubertierenden Jugendlichen – und praktisch jedes davon möchte man in die Ecke schleudern, wenn man 15 ist. Sie wurden von Erwachsenen für Erwachsene geschrieben. Das geht irgendwann so was von auf die Nerven!

Die Erwachsenen betrachten Teenager auf eine ganz spezielle Weise. Das Wort *Teenager* wird fast schon als Schimpfwort benutzt. Als Bezeichnung für jemanden, der schlechtgemacht, belächelt oder verspottet werden muss *(argh)*.

Zum Beispiel habe ich im Regal meiner Mutter mal ein Buch mit dem Titel *Hilfe, ich habe einen Teenager im Haus* stehen sehen. Hat sie es gelesen? Nein, wahrscheinlich nicht.

Vielleicht geht es nur darum, ihren Bekannten zu zeigen, dass sie Bescheid weiß.

Denn die Erwachsenen sind ja *so* klug.

Sie sind auch diejenigen, die unter anderem diktieren, wann die Teenager morgens in der Schule anfangen sollen. Obwohl wir inzwischen jede Menge darüber wissen, dass der Schlafrhythmus von Teenagern gegenüber dem von Erwachsenen um zwei Stunden verschoben ist, werden wir trotzdem in einen Stundenplan gezwungen, der für uns unnatürlich ist.

Ich muss zum Beispiel jeden Tag um 8.30 Uhr in der Schule sein. Wohnt man wie in meinem Fall ein Stück außerhalb der Stadt, fährt der Bus nur alle halbe Stunde. Ich muss also den Bus um 7.14 Uhr nehmen. Man kann sich ja ausrechnen, wann ich dementsprechend aufstehen muss. Das ergibt keinen Sinn. Erst recht nicht, wenn ich durch meinen Schlafrhythmus später ins Bett gehe als meine Mutter, die häufig vor mir einschläft (sogar, wenn wir eigentlich zusammen einen Film schauen wollten).

Ich weiß, sie hat Gute Nacht gesagt. Und ich weiß auch, dass ich ihr versprochen habe, das Handy wegzulegen und schlafen zu gehen. Diese Vereinbarung haben wir nämlich getroffen. *Aaaaaaaber* … Ich bin nicht besser als so viele andere.

Es ist also bitter, wenn der Wecker um 6 Uhr klingelt. In der Regel ignoriere ich ihn. Für ca. 20 Minuten. Dann beginnt ein festes tägliches Ritual. Meine Mutter kommt rein und meckert. Die ersten zwei Minuten höre ich ihre Stimme nur sehr gedämpft. Ein bisschen so, als wäre sie ein Weckton, der leise beginnt und dann immer lauter wird, je länger sie redet.

Schließlich stehe ich auf. Und dann hab ich es eilig.

# Symptome einer beginnenden Parentyphase

- Überbehütend und übertrieben besorgt
- Peinliches und aufmerksamkeitsheischendes Verhalten
- Neigung zu Stimmungsschwankungen
- Beginnende Demenz und schlechtes Erinnerungsvermögen

*Symptome einer beginnenden Parentyphase:*

# Überbehütend und übertrieben besorgt

Wenn deine Eltern in die Parentyphase kommen, besteht das Risiko, dass sie überbehütend und dauerbesorgt werden.

**Beispiel:**
Du hattest einen stressigen Tag in der Schule und wartest nur darauf, endlich zu deiner Freundin gehen zu können, um alles mit ihr zu besprechen: *»Warum hat der Typ aus der 8. mich so komisch angeguckt, als ich vorbeigegangen bin?« »Warum haben die anderen Mädels nicht gefragt, ob ich in der Pause mit ihnen raus auf den Hof komme?« »Warum war X heute so sauer auf mich – ich weiß nicht, was ich gemacht habe?!«*

Und nur, weil du deine Eltern nicht anstrahlst wie eine kleine Sonne, kann es sein, dass sie megaaufdringlich werden und anfangen, Tausende dämliche Fragen zu stellen. Sie glauben direkt, du seist krank und die Welt ginge unter. Sie können natürlich auch nicht deine Gedanken lesen.

- »Bist du ganz sicher, dass du nicht lieber zu Hause bleiben willst?«
- »Ich kann ihren Eltern ja schnell schreiben, dass du krank bist und doch nicht kommen kannst?«
- »Hast du heute schon etwas Gesundes gegessen?«
- »Hast du auch genug Wasser getrunken?«
- »Warst du vielleicht zu viel am Handy?«

Wie gesagt, ein Schauer aus Fragen prasselt auf dich herab und da musst du einfach den Regenschirm rausholen und sagen:

*»Mama/Papa, ich komm schon klar.«*

Wieso diese ganzen Fragen? Dadurch fühle ich mich doch nur noch unwohler …

Ein guter Ninja Move könnte in diesem Fall sein, ihnen zuvorzukommen (die Ninja Moves erkläre ich später noch genauer). Gib ihnen die Antworten, bevor sie fragen (du weißt ja, welche Fragen dich erwarten).

*»Ich habe heute übrigens genug Wasser getrunken, mich gesund ernährt, ein Nickerchen gehalten und ausgiebig frische Luft geschnappt – ich glaube, was ich heute brauche, ist einfach ein gemütlicher Abend mit meiner Freundin.«*

*Symptome einer beginnenden Parentyphase:*

# Peinliches und aufmerksamkeitsheischendes Verhalten

Bei Feiern oder wenn ihr Gäste zu Besuch habt, kann es vorkommen, dass deine Eltern anfangen, sich aufzuspielen, nur um dich zu blamieren oder deine Aufmerksamkeit zu erregen.

Im schlimmsten Fall lassen sie sich sogar einfallen, dich nachzumachen, indem sie (mit gekünstelter Stimme) rufen: *»Hör auf, OMG, du bist sooo PEINLICH!«* Oder sie probieren es mit *»Yo, wassup, LMAO, OMG, LOL«* und so weiter, um zu sehen, ob sie an dich oder deine Freunde herankommen können, indem sie »euren« Slang benutzen.

**Mein Rat:** Hier kannst du eigentlich nur die Augen verdrehen, aber da *sie* den Teenager geben, kannst *du* alternativ den Erwachsenen spielen.

Wie reden Eltern? Wenn du dir die richtige Tonlage in Erinnerung gerufen hast, hol zum Gegenschlag aus. Sag mit Mutter-Stimme:

*»Hach ja, so ist sie auch zu Hause, ich muss also die Erwachsene sein. Ihr seht bestimmt, es ist nicht leicht ...«*

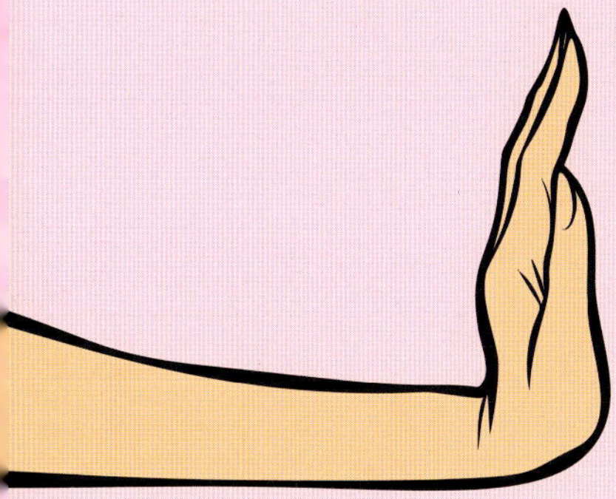

Ich habe meinen Vater oft zu seinen Freunden sagen hören, er wolle Überwachungskameras in meinem Zimmer installieren und sich eine Kalaschnikow kaufen, damit er bereit sei, wenn ich mit einem Jungen zusammenkomme. Das findet er urkomisch. Die anderen Väter finden es auch zum Totlachen. Ich war etwa acht, als ich anfing, mich zu fragen, ob er es ernst meinte …

Von allen Jugendlichen auf der Welt musste ausgerechnet ich als Einzige mit einer Mutter enden, die es *absolut fantastisch* findet, sämtliche Nachbarskinder bei uns zu Hause zu haben – und zwar auf einen Schlag. Die ganze Zeit. Die ersten Male war es ja ganz nett, da ich eigentlich nichts gegen Kinder habe. Aber dann kamen sie immer häufiger. Und sie fragten andauernd nach mir.

- »Spielst du mit mir, Nina?«
- »Niiiinaaaaaa, kommst du mit raaa-haaaaus?«
- »Darf ich raufkommen und in deinem Zimmer spielen?«

Du meinst wohl: *Darf ich raufkommen und dein Zimmer auf den Kopf stellen?*

Als ob, du kleiner *Gremlin* (ganz ruhig – sie sind ja lieb und süß. Manchmal).

Inzwischen habe ich eine Lösung gefunden. Ich biete den Nachbarn an, auf ihre Kinder aufzupassen, während sie im Kino sind oder was auch immer. Meine Mutter ist happy, die Kinder sind happy, die Erwachsenen sind happy. Und ich verdiene Geld, also bin ich auch happy. Win-win-win-win.

*Symptome einer beginnenden Parentyphase:*

# Neigung zu Stimmungsschwankungen

Stimmungsschwankungen entstehen aus dem Blauen heraus und der Erwachsene wird häufig versuchen, es aussehen zu lassen, als ob *du* ein Problem hättest.

Manchmal schaut mich mein Vater resigniert an und fragt genervt: »*Und was ist* jetzt *wieder los?*« Anschließend zuckt er meist mit den Achseln, seufzt tief und sagt etwas von wegen, ich sei irgendwie so mürrisch in letzter Zeit. Ich habe keinen Schimmer, von was er da redet, und kann bloß vermuten, dass jetzt eine neue Phase beginnt – denn so ist es. »*Warum bist du so schlecht gelaunt?*« »*Du lässt ständig den Kopf hängen.*« »*Du bist so verschlossen.*« »*Du machst die ganze Zeit so ein FURCHTBAR mürrisches Gesicht – davon kann man ja nur negativ werden!*«

Womöglich sind die Erwachsenen einhellig der Meinung, dass *du* so launisch seist, weil du ein Teenager bist. Das klingt fast, als hättest du eine gefährliche Krankheit/Diagnose. »*Sie ist nur deswegen dauernd so negativ, weil sie ein Teenager ist!*« Die Eltern achten sozusagen überaufmerksam auf dich, darauf, dass du erwachsen wirst, während sie eigentlich selbst eine sehr unsichere Phase durchmachen. Die Parentyphase ist ein wackeliger Untergrund, weil die Eltern lernen müssen loszulassen.

Infolge dieser Unsicherheit werden sie auch manchmal sauer oder wütend. So kann es beispielsweise vorkommen, dass ein Elternteil dich mitten in einem alltäglichen Gespräch plötzlich anschreit, ohne dass du so recht verstehst, warum.

Wenn ich manchmal Lust habe, meinen Vater ein bisschen zu ärgern, zupfe ich an den Haaren auf seinem Arm. Erst ignoriert er es – falls er sich zum Beispiel gerade mit jemandem unterhält. Also mache ich es noch mal. Dann schaut er mich an und sagt *»Au!«*. Daraufhin mache ich es ein drittes Mal. Und kichere dabei. Jetzt dreht er sich um. Guckt mich gereizt an und sagt: *»Lass das, Nina. Das ist nicht witzig!«*

Es ist nie ganz leicht zu erkennen, wie er gerade drauf ist. Ob seine Reaktion gut oder schlecht ausfallen wird. Wenn er plötzlich sauer auf mich ist, fühle ich mich machtlos. Denn andere Male macht er ja einfach mit und kitzelt mich, bis ich schreie, dass er aufhören soll. Unmöglich vorherzusagen.

Manchmal geht es Eltern nur darum, Grenzen zu setzen. Sie verspüren das Bedürfnis zu zeigen, dass sie diejenigen sind, die bestimmen.

**Beispiel:**

- »Papa, kann ich Schokolade essen?«
- »Nein, heute nicht.«
- »Warum nicht? Ich hab gestern schon keine gegessen, wieso darf ich heute wieder nicht?«
- »Nina, ich habe Nein gesagt! Keine Diskussion mehr!«

Hier geht es nicht darum, ob ich Schokolade essen darf. Es geht allein darum, dass er das Sagen hat. Auch wenn es keinen Sinn ergibt. Die Erwachsenen wollen daran festhalten, dass man ein Kind ist, über das sie bestimmen können. Noch. Solange sie können, wollen sie es ausnutzen.

Normalerweise esse ich montags, dienstags, mittwochs und donnerstags sowieso keine Süßigkeiten (okay, jedenfalls fast keine) – das habe ich also gut unter Kontrolle, würde ich sagen. Ich weiß, wann ich etwas Süßes essen darf und wann nicht.

Ich frage also eigentlich nur aus Nettigkeit. Aber auch, um mich vorsichtshalber zu vergewissern, dass sie es okay finden.

**Lösungsvorschlag:**
Du kannst versuchen, ihnen die Situation zu erklären:

- »Ich hab mir die Schokolade von gestern für heute aufgehoben. Ist es okay, wenn ich sie jetzt esse?«

Du kannst sie auch vor die Wahl stellen, statt sie mit einer Antwort ankommen zu lassen, die dir nichts bringt. Zeig ihnen, dass du vorhast, diese Schokolade auf jeden Fall zu essen. So kommt ihnen der Gedanke *Nein, ich finde, du solltest heute nichts Süßes essen* gar nicht erst in den Sinn.

**Beispiel:**

- »Ich hab noch ein bisschen Schokolade übrig. Ich überlege, ob ich sie jetzt essen soll oder lieber heute Abend. Was meinst du?«

Du kannst es dir wie bei einem Spiel vorstellen, wo du ihren Zug indirekt fast schon für sie entscheidest, indem du sie mit einer Wahlmöglichkeit ablenkst: *»Du kannst entweder mit dem grünen oder mit dem blauen Stein vorrücken.«* Auf diese Weise sind sie vollkommen darauf konzentriert zu überlegen, mit welcher Farbe sie vorrücken sollen – und kommen gar nicht erst auf die Idee, ob sie statt vorzurücken nicht vielleicht lieber neue Steine sammeln wollen.

So eine andere Sache mit Stimmungsschwankungen ist, dass sie dich manchmal vielleicht nicht mit dem ersten Schlag erwischen, dafür aber mit dem zweiten. Das ist zum Beispiel der Fall, wenn deine Mutter eigentlich sauer auf deinen Bruder ist, der aber abhaut und du zufälligerweise in der Nähe bist. Auf einmal stehst du einer wutschäumenden Bestie gegenüber, die wirkt, als wolle sie jemandem den Kopf abreißen. Keine gute Situation.

*Symptome einer beginnenden Parentyphase:*

# Stimmungsschwankung-im-Ausbruch-Quiz

Entscheide, welche Reaktion in folgender Situation die beste wäre:

Ich bin in die Küche gegangen, um mir ein herrlich kaltes Glas Cola zu holen. Auf den ersten Blick sehe ich keine Cola im Kühlschrank, aber ich brauche sie gerade wirklich ganz dringend … Im Wohnzimmer höre ich meinen großen Bruder und meine Mutter streiten. Dann stampft mein Bruder die Treppe hoch.

Jetzt kommt meine Mutter in die Küche.

Welche der folgenden Möglichkeiten haltet ihr für die klügste?

1. Ich tue, als wäre nichts, und frage: *»Mama, wo ist die Cola?«*

2. Ich frage: *»Hi, Mama, magst du ein Glas Cola? Nanu, wo ist sie denn?«*

3. Ich schreie sie an: *»Warum haben wir nie Cola im Haus?«* Dann stampfe ich aus der Küche, die Treppe hoch und in mein Zimmer.

4. Ich sage nichts. Ich schleiche einfach an ihr vorbei aus der Küche – und hole mir selbst eine Cola im Netto.

5. Ich sage: *»Na, äääähm, wie war dein Tag?«* Von ihrer Antwort werde ich abhängig machen, ob ich versuchen soll, sie nach der Cola zu fragen.

6. Ich gebe ihr recht in allem, was sie sagen wird, und schlage vor, ob wir nicht einen Spaziergang machen wollen. Statt Cola trinke ich ein Glas Wasser.

7. Ich sinke zu Boden, als würde ich ohnmächtig werden, und stammle (mit schwacher Stimme): *»I-ich brauche einen Schluck C-C-Cola … Würdest du mir bitte ein Glas geben?«*

Ich würde allen empfehlen, Nummer 6 zu wählen. Das ist der effektivste und lösungsorientierteste Ansatz.
*PS: Ich habe alle Varianten ausprobiert.*

*Symptome einer beginnenden Parentyphase:*

# Beginnende Demenz und schlechtes Erinnerungsvermögen

Dir ist sicher aufgefallen, dass deine Eltern anfangen, Dinge zu sagen wie: »*Wo hab ich nur wieder meine Brille hingelegt?*« oder: »*Hast du meinen Schlüssel gesehen?*«.

Du wirst auch erleben, dass sie dir dieselbe Sache mehrfach erzählen. Gewöhn dich am besten gleich daran. Gefährlich wird es, wenn sie abstreiten, *deine* Sachen genommen zu haben, obwohl du weißt, dass es so war.

**Beispiel:**
Meine Mutter hat am Abend zuvor meine Tasche aus dem Auto mit ins Haus genommen.

- »Wo hast du meine Tasche hingetan, Mama?«
- »Was meinst du? Ich habe deine Tasche nicht angefasst.«
- »Aber Mama, du hast sie doch gestern mit reingenommen.«
- »Ich habe keine Ahnung, wo deine Tasche ist. Hast du sie überhaupt schon gesucht? Ich will nicht immer schuld sein, wenn du deine Sachen verschlampst.«

Ich suche im Haus und finde sie in ihrem Schlafzimmer.

- »Mama, ich hab sie gefunden!«
- »Gut, Schatz – wo war sie denn?«
- »In deinem Schlafzimmer …«
- »Aaaaaaahhh, stimmt ja, jetzt weiß ich's wieder! Ich habe meine Tasche raufgebracht und da hab ich deine auch gleich mit hochgenommen.«

Ja, Mama. Wie war das eben noch? Aber hey, kein Problem, Mama – wir machen doch alle mal Fehler.

Im Falle von meiner Mutter begann sich die Vergesslichkeit sogar schon vor ein paar Jahren bemerkbar zu machen, als sie mich einmal im IKEA-*Småland* vergaß, nachdem sie shoppen gewesen war. Normalerweise war ich gerne in der Kinderbetreuung, aber an diesem Tag schien ich schon ein bisschen arg lange dort zu sein. Wie sich herausstellte, hatte meine Mutter einfach nicht mehr daran gedacht, mich abzuholen, und war heimgefahren. Als sie zu Hause ankam, fragte sie meinen Bruder, wo ich sei (danke, Victor). Ich habe es erst einige Jahre später erfahren, damit hat sie mir also immerhin ein weiteres Trauma erspart. Danke, Mama.

# Ninja Moves

Ninja Moves sind praktische und konkrete Methoden zum Umgang mit schwierigen Eltern in bestimmten Situationen. Du kannst völlig frei wählen, welcher Move zu welcher Situation passt.

# Ninja Move #1

Zieh die Schultern bis zu den Ohren hoch, heb die Augenbrauen, halte Blickkontakt, geh leicht in die Knie und schleiche langsam rückwärts. Während du dich wegbewegst, ist es von elementarer Wichtigkeit, dass du deinem Elternteil weiterhin starr in die Augen schaust. Sobald du außer Sichtweite bist, kannst du um dein Leben rennen. Der Erwachsene wird so viel Energie darauf verwenden, sich zu fragen, was das denn bitte gerade war, dass dir damit ausreichend Zeit bleibt, um dich aus dem Staub zu machen.

# Ninja Move #2

Du hörst, dass deine Eltern auf dem Weg zu deinem Zimmer sind, und jetzt musst du schnell so tun, als würdest du mit deiner weinenden Freundin telefonieren.

Du kannst so was sagen wie:
*»Quatsch, das würden sie dir niemals antun! Du wirst sehen, das wird schon. Nicht weinen.«*

Wenn deine Mutter (oder dein Vater) dann reinkommt, musst du dir hoch konzentriert das Telefon ans Ohr halten, mit sorgenvollem Blick aufschauen und dir den Zeigefinger auf die Lippen legen. Das ist das Signal dafür, dass man dich jetzt auf gar keinen Fall ansprechen darf. Auf diese Weise werden sie das Zimmer augenblicklich wieder verlassen, ohne Fragen zu stellen.

Ninja Move #3

Spiel tot. Leg dich hin, wo auch immer du bist, und tu so, als ob du tief und fest schläfst. Deine Eltern werden dich nicht wecken wollen.

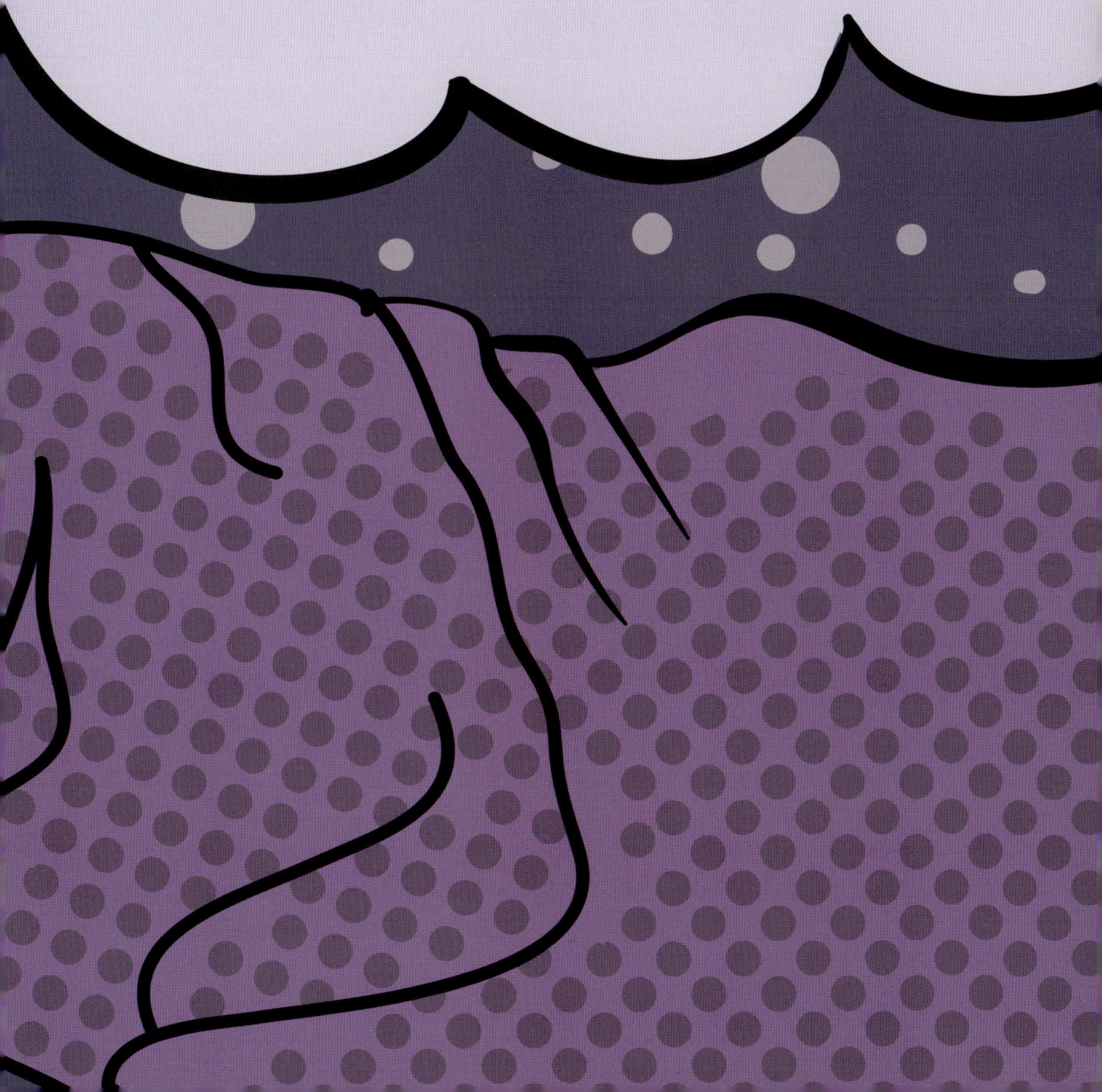

F*CK

# Ninja Move #4

Lauf! Du schaust auf die Uhr und rufst: *»F*CK! Ich komme zu spät!«*, oder so was in der Art. Dann rennst du aus der Tür, ehe sie etwas sagen können.

# Ninja Move #5

Gib ihnen recht. Wenn du mit deinen Eltern diskutierst und kein Ende in Sicht ist, dann sag einfach: *»Ja, Papa, du hast recht«*, damit kann er nichts mehr sagen und die Diskussion ist beendet. Du hast schließlich Besseres zu tun, als deine Eltern zu unterhalten.

# Ninja Move #6

Wenn du einem Anschiss entgehen willst, kannst du diesen Trick verwenden:

Deine Mutter ruft zu Hause an und ist megaschlecht gelaunt. Du gehst in die Küche und fängst an, die Spülmaschine auszuräumen. Time es so, dass du noch dabei bist, wenn sie zur Tür reinkommt. Wenn sie sieht, was du machst, wird sie vergessen, weswegen sie dich anmotzen wollte. Hoffentlich.

# Ninja Move #7

Wenn die Erwachsenen anfangen zu schwafeln und merkwürdige Dinge zu sagen, ist es Schlafenszeit für sie. Hilf ihnen am besten ins Bett und sing ihnen ein Schlafliedchen vor. Denk dran, ihnen vorher die Brille abzunehmen. Sag, sie sähen müde aus und du fändest, sie würden in letzter Zeit viel zu viel arbeiten.

Erwachsene lieben es nämlich, *gesehen* und wertgeschätzt zu werden.

# Ninja Move #8

Setz deine Kopfhörer auf. Tu, als könntest du deine Eltern nicht verstehen. Erzähl ihnen, du würdest grade was für die Schule hören, etwas sehr, sehr Wichtiges. Einen Geschichtspodcast zum Beispiel. Du möchtest möglichst nicht gestört werden. Schließ die Augen, um den Effekt zu verstärken. Denk dran, eine ernste Miene aufzusetzen (und denk dran, dich nicht im Takt der Musik zu bewegen).

# Ninja Move #9

Du weißt, deine Eltern werden immer irgendeine Aufgabe für dich finden, wenn du nur rumsitzt und nichts tust. Öffne also einen Aufsatz oder eine Matheaufgabe auf deinem Computer. Wenn sie kommen und etwas von dir wollen, rufst du schnell das Dokument auf, und sobald sie wieder weg sind, kannst du deinen Film weiterschauen, oder was auch immer du eben gemacht hast. Dieser Trick funktioniert übrigens auch bei deinen Lehrerinnen und Lehrern in der Schule *(ich hab keinen schlechten Einfluss auf dich, okay? Just saying)*.

PANIC

# Ninja Move #10

Der Panikbutton kann in Fällen betätigt werden, in denen du von einer echt miesen Situation ablenken willst, indem du sie in eine Katastrophensituation verwandelst.

Wenn du zum Beispiel erklären sollst, wieso du später als abgemacht nach Hause gekommen bist. Dann ist das der Moment für den Panikbutton. Stoß ein Glas Wasser um. Dann sind sie damit beschäftigt, die Sauerei aufzuwischen, und du kannst unbemerkt hinausschleichen. Du kannst auch so tun, als müsstest du kotzen, und sagst, du glaubst, du wärst schwanger – aber sag erst, dass es ein Witz war, wenn du schon in deinem Zimmer bist. Sie werden dir garantiert hinterherlaufen. Wenn du ihnen erzählst, dass es ein Witz war, vergessen sie völlig, dass du zu spät nach Hause gekommen bist.

# Ältere Menschen und Computer

Ich habe mal einen Beitrag auf Instagram gesehen:

*Ich hasse es, wenn alte Leute sagen: »Die Jugend von heute kann nicht mal Schreibschrift schreiben.«*
*»Ja, Kirsten, und du kannst keinen Computer einschalten, ohne dir sechs Viren einzufangen und deine halbe Rente an einen schmierigen Trickbetrüger zu überweisen.«*

Was definiert einen? Das, was man NICHT kann, oder das, was man KANN?

# Ältere Menschen machen Aussagen über die Jugend von heute

Ich war mit meiner Mutter bei einer Veranstaltung, wo unter den Teilnehmenden jede Altersgruppe vertreten war: von Familien mit Kindern bis hin zu älteren Leuten mit Strickweste und Lesebrille.

Während der Überreichung eines Schecks auf der Bühne erklärte ein Mann dem Publikum *im Scherz*, dass *»die jungen Leute hier bestimmt gar nicht wissen, was ein Scheck ist«*. Stattdessen wollte er das Geld deshalb per App überweisen, weil *»so was ja heutzutage übers Telefon gemacht wird«*.

Ich finde es herablassend, ständig zu erzählen, wie die Dinge früher waren. Das ist eine bescheuerte Ausrede, um darauf hinzuweisen, dass die Älteren mehr wissen als die Jüngeren. Und das ist ein ungerechter Vergleich.

Es wäre ungefähr so, als würde ich meiner Großmutter die Idee hinter einem *Snap Streak* erklären. Darin würde sie keinerlei Sinn erkennen können. Aber ich reibe ihr nicht unter die Nase, dass sie nicht weiß, was ein Streak ist. Wir sagen den alten Leuten nämlich nicht, dass sie keine Ahnung davon haben, wie die Dinge heutzutage laufen, warum also wollen sie uns dauernd erzählen, wie es früher war?

# Handys

Erwachsene behaupten oft, wir wären ständig am Handy. Ähhhh, also ich weiß nicht. Es war schon häufig so, dass ich mit meinen Freundinnen zusammensitze und dann schreibt mir irgendwer. Genau in der Sekunde, in der ich mein Handy checke, kommen mein Vater oder meine Mutter rein und sehen mich mit dem Handy in der Hand. Jedes Mal heißt es dann: *»Jetzt leg das Ding aber mal weg, deine Freundinnen sind doch gerade da!«*

Letzten Sommer war ich mit meinem Vater im Urlaub. Jedes Mal, wenn wir im Restaurant saßen, musste er »nur mal schnell« was auf Facebook gucken. Facebook scheint hauptsächlich von der älteren Generation verwendet zu werden … Ich selbst benutze es eigentlich fast nur, wenn ich gerade einen Nebenjob habe – dann wird der Dienstplan normalerweise in einer geschlossenen Gruppe gepostet.

Die Erwachsenengeneration schreibt meistens langsam und benutzt übertrieben viele Emojis. Und wenn man etwas von ihnen will, antworten sie nicht gerade schnell. Witzigerweise sagen sie dasselbe über uns. *»Ich habe dir heute Vormittag geschrieben, warum hast du nicht geantwortet?«* *Ähm*, vielleicht, weil ich tagsüber in der Schule bin? Remember?

# Likes

*Look what I have, where I am and who I am with …*

Es ist echt provozierend, wenn man die Studien liest, die beschreiben, wie das Gehirn eines Teenagers von einer großen Anzahl Likes, bspw. auf Instagram, belohnt wird. So ein Bullshit.

**Wieso steht da, dass das nur für Teenager gilt?**

Es ist ja wohl natürlich, dass man sich freut, wenn der Beitrag, den man gepostet hat, anderen gefällt. Egal, ob man erwachsen oder ein Teenager ist. So wie wenn man einen Kuchen gebacken hat, ihn mit in die Schule bringt und die anderen sagen *»Schmeckt lecker«*. Ist es falsch, sich darüber zu freuen? Das ist bestimmt nicht nur so ein Teenagerding. Erwachsene erhalten doch ebenso große Anerkennung, wenn sie einen Kuchen mit auf die Arbeit bringen.

Sind Likes nicht einfach bloß eine moderne Form der Anerkennung? Tatsächlich haben wir das wohl schon immer so gemacht – ein bisschen damit unterhalten/angegeben, was wir können oder getan haben oder wo wir gewesen sind. Ob wir unsere »Likes« in den sozialen Medien oder in der Wirklichkeit ernten, ist doch egal. Trotzdem ist es natürlich nicht ganz dasselbe, ein Kompliment zu machen oder etwas im Internet zu liken. Ein Kompliment macht man persönlich. Ein Like ist bloß ein kleines Winken auf den sozialen Plattformen in unserem *Schnell-schnell-weiter*-Leben. Unverbindlich. Einfach. Likes werden verteilt, so wie man sich früher von Räubergeschichten beeindrucken ließ, die am Lagerfeuer erzählt wurden.

Du bestimmst die Geschichte, wenn du ein Bild hochlädst. Niemand weiß, ob dir der Kuchen runtergefallen ist, kurz nachdem du ein Foto davon gemacht hast. Es sei denn, du schreibst es dazu.

Als ich letzten Sommer mit meinem Vater im Urlaub war, hat er eines Morgens gesagt: »*Heute machen wir einen Ausflug.*«

*Nice*, dachte ich – bis ich erfuhr, wohin es ging. Er hatte eine Weinprobe gebucht!!! Ich war ja noch nicht mal 16, ziemlich dünn und trank noch keinen Alkohol. Du kannst dir also vorstellen, wie es geendet hat. Aber egal, reden wir nicht davon.

Später wollte er sein neu erworbenes Wissen über Wein teilen (oder besser gesagt: damit angeben). Ich hörte ihn das bisschen, was er gelernt hatte, wieder und wieder zum Besten geben. Mir ist unbegreiflich, wie seine Freunde das nicht durchschaut haben. Er hat schließlich keine Ahnung von Wein. Aber sie waren sehr beeindruckt und er bekam jede Menge *Likes* dafür. Er hat sie zwar nicht in den sozialen Medien, sondern in der Wirklichkeit bekommen, aber die Wirkung dürfte dieselbe sein.

Und das gilt für Erwachsene genauso wie für Jugendliche.

# »Na, wie läuft's ...?«-Fragen

Du stehst bei einem Familientreffen mit deinem Onkel zusammen, als ein etwas peinliches Schweigen entsteht. Da fragt er: *»Na, wie läuft's bei dir?«* Darauf antwortest du in der Regel so was wie: *»Joa, ganz gut so weit.«* Du hast vielleicht keine große Lust, dieselbe ausführliche Antwort zu geben wie schon die letzten 17 Male, als dir exakt dieselbe Frage gestellt worden ist.

Die Erwachsenen erkundigen sich bei dir, weil man das höflichkeitshalber eben so macht. Manchmal fragen sie aber auch, weil sie mit dir in Kontakt kommen möchten. Leider neigen die Erwachsenen dazu, immer dieselben Fragen zu stellen.

**»Wie läuft's so?«**
*Total scheiße, meine Katze ist gerade gestorben und ich hab mich auf dem Weg hierher mit meiner Mutter gestritten, weil ich gesagt habe, ihr Kleid sei hässlich.*

**»Wie läuft's in der Schule?«**
*Also, ich stehe in Mathe auf 5 und schlafe im Unterricht dauernd ein, weil ich absolut keinen Bock auf die Schule habe. Aber davon abgesehen läuft es hervorragend.*

**»Was hast du heute gemacht?«**
*Eigentlich hätte ich Hausaufgaben machen sollen, aber stattdessen habe ich eine Serie auf Netflix geguckt. Ich habe keine Autos abgefackelt oder gekifft, falls du das meinst …*

**»Und, jetzt erzähl mal, wie geht es dir?«**
*Ich würde mich lieber mit einer Lauchstange prügeln, als diese Frage heute zum 150. Mal zu beantworten.*

**»Freust du dich auf die 10. Klasse?«**
*Nein, ich sehe es als ein weiteres Jahr im Jugendknast, aber meine Eltern sind schon ganz aufgeregt, also warum fragst du nicht sie?*

**»Hast du einen Freund?«**
*Ja, ich habe acht Liebhaber gleichzeitig, aber sie wissen nichts voneinander, ist also ziemlich stressig, das Ganze.*

**»Wie läuft's zu Hause?«**
*Davon abgesehen, dass ich meinem Bruder vorhin am liebsten die Haare abrasiert hätte, weil er die letzten drei Eis aus der Gefriertruhe gegessen hat, läuft es ausgezeichnet. Nachdem ich ihn angeschrien hatte, habe ich übrigens rausgefunden, dass meine Mutter das Eis gegessen hatte.*

Falls du das Gespräch erweitern oder den Fokus von dir weg lenken willst, kannst du eine Gegenfrage stellen:

- »Bist du gern in die 9. Klasse gegangen?«
- »Was ist dir aus deiner Schulzeit am lebhaftesten in Erinnerung geblieben?«
- »Hast du ein paar Tipps, wie man am besten schwänzt?«

# Loslösen und Erwartungen

Das Loslösen von den Eltern macht Angst und ist gleichzeitig aufregend.

Ich werde das 10. Schuljahr auf einer freien Internatsschule verbringen, wie viele Jugendliche hier in Dänemark. Ich denke nicht groß darüber nach, wie es werden wird. Ich mache mir keine Sorgen, ob ich ohne meine Mutter/meinen Vater/meine Brüder usw. klarkommen werde, aber lustigerweise scheinen die Freunde meiner Eltern, Lehrer usw. es äußerst wichtig zu nehmen, was für einer *aufregenden* Zeit ich entgegensehe. Es fühlt sich an, als würden mir ihre Erwartungen in den Hals gestopft. Fast wie bei meiner Konfirmation damals. Alle waren *so* gespannt und haben andauernd gefragt, ob ich mich darauf freue? Äh, schon. Ich wusste bloß nicht so richtig, auf was? Worauf sollte ich so gespannt warten? Das war sehr verwirrend.

In einer solchen Situation kann man mit einem breiten Lächeln antworten: *»Ja, es ist echt total aufregend!«* oder: *»Ja – ich freue mich wahnsinnig.«* Achte unbedingt darauf, dass dein Lächeln überzeugend wirkt.

Es beruhigt die Erwachsenen, wenn man zeigt, dass man sich vollständig darüber im Klaren ist, was für ein *absolut aufregendes* Ereignis einen erwartet.

Aber was, wenn ich *tatsächlich* ein bisschen nervös bin? Die Gedanken wirbeln durch den Kopf: *Werde ich neue Freunde finden? Werde ich meine Freunde von zu Hause vermissen? Bekomme ich eine gute Zimmernachbarin? Schmeckt mir das Essen dort? Komme ich im Unterricht mit? Kriege ich die Hausaufgaben hin? Gibt es überhaupt Hausaufgaben? Was, wenn es viel zu viele »Jetzt gehen wir alle zusammen eine Runde joggen«-Aktivitäten gibt? Was, wenn ich keine Möglichkeit habe, Nein zu sagen, wenn meine Grenzen überschritten werden? Was mache ich, wenn ich Heimweh kriege?*

Ich denke, ich werd's schon rausfinden.

Sich von seinen Eltern und den Erwartungen, die an einen gestellt werden, zu lösen, passiert in kleinen Schritten. Die Eltern müssen lernen loszulassen, zu akzeptieren, dass wir eine Meinung haben und Ansichten zu allem Möglichen entwickeln. Und dass wir vielleicht nicht immer derselben Meinung sind wie sie.

# Entwickle dein Verhandlungsgen

Die Erwachsenen wollen, dass wir sie respektieren. Aber mit *respektieren* meinen sie wohl eher, dass wir uns dem beugen sollen, was sie sagen/befehlen. Du kannst lernen, mit deinen Eltern und anderen Erwachsenen zu verhandeln, um sie in die von dir gewünschte Richtung zu lenken.

**Die Give-and-take-Methode:**
Hier musst du folgendermaßen denken: *Du gibst etwas. Du bekommst etwas*. Du hast eine Ware, mit der du handeln kannst.

- »Wenn ich die Spülmaschine ausräume, fährst du mich dann nachher zu Yasmin?«
- »Wenn ich morgen koche, darf ich dann bis 22 Uhr im Jugendzentrum bleiben?«

Denk dran, einen besonders liebenswürdigen Ton zu benutzen und mit den Augen zu lächeln.

- »Wenn ich mein Zimmer aufräume, lädst du mich dann zum Eis ein?«
- »Wenn ich uns Gummibärchen hole, bezahlst du sie dann?«

Anderer Fall: Du willst etwas. Du hast aber nicht unbedingt Lust, etwas im Austausch dafür zu geben. Dann musst du dich in die Situation deiner Eltern versetzen. Sie suchen häufig eine Entschuldigung, um entweder Süßes zu essen oder aber dich zu umarmen/zu streicheln wie früher, als du noch klein warst.

- »Wenn du magst, darfst du mir gern den Rücken kraulen.«
- »Wenn du Lust hast, kannst du uns beiden gern ein Eis holen. Wär das jetzt nicht schön, Mama?«

Du wirst staunen, zu was man Eltern mit ein klein wenig Freundlichkeit bringen kann. Damit rechnen sie nämlich nicht. Es ist eine Form von Überraschungsangriff, der sich gut zum eigenen Vorteil nutzen lässt.

# Die sieben Todsünden

Wenn du diese Regeln brichst, stirbst du und kommst in die Hölle … oder so … Hier kannst du einige Beispiele darüber lesen, in welcher Form man den Todsünden im Alltag begegnet. Und was sie eigentlich noch mal genau bedeuten.

Ich persönlich finde es zum Beispiel okay, wütend zu werden, wenn es einen Grund dafür gibt. Und ich kann verstehen, dass Leute neidisch werden und sich denken: *»Ich wünschte, ich hätte, was xy hat.«*

Was man nicht weiß, macht einen nicht heiß – aber das ist nicht ganz einfach in Zeiten der sozialen Medien. Nicht alle haben denselben Zugang zu bestimmten Dingen. Vielleicht schauen Jugendliche aus anderen Ländern die Instagram-Story von jemandem und wünschten, sie hätten dasselbe.

Oder vielleicht möchte man selbst gerne in den Urlaub fahren und dann sieht man seine Freunde Fotos vom Sandstrand in Thailand oder vom Eiffelturm posten. Ist es dann nicht in Ordnung, neidisch zu sein? Selbst wenn man nicht wirklich was davon hat?

## Das sind die sieben Todsünden:

- Hochmut
- Habgier
- Wollust
- Neid
- Völlerei
- Zorn
- Trägheit

# 1. Hochmut

Hochmut bezeichnet das Gegenteil von Bescheidenheit. Auch herablassendes oder arrogantes Verhalten fällt unter den Begriff.

Wenn ich meine Mutter im Halma abziehe, koste ich meinen Sieg dermaßen aus, dass sie mich zur Adoption freigeben will. Aber wenn *sie* gewinnt, ist es noch viel schlimmer. Glaub mir, kein schöner Anblick.

Lehrer, die einen vor der ganzen Klasse runtermachen, stehen ganz unten auf meiner Liste von Lieblingspersonen. *»Naaa, Nina, hast du deine Hausaufgaben nicht gemacht?«* oder *»Schläfst du, Nina?«*. Holt mich hier raus!

Die Erwachsenen versuchen immer, uns für Mobbing zu sensibilisieren – aber vielleicht sollten sie bei sich selbst anfangen und überlegen, ob es nicht eine indirekte Form von Mobbing ist, einen vor der Klasse oder vor anderen runterzumachen.

Bitte den Erwachsenen ganz ruhig, sein eigenes Verhalten zu überdenken. Frag ihn zum Beispiel: *»Wie soll ich lernen, ein erwachsener und starker Mensch zu werden, wenn Sie so herablassend mit mir sprechen?«*

Jetzt wirst du sicher zu hören bekommen, du seist unverschämt. Denn so redet man offenbar nicht mit Erwachsenen. *Sie dürfen aber sehr wohl so mit Kindern reden. Das nervt!* Hat man erst mal das Label, unverschämt zu sein, wird man es nur sehr schwer wieder los.

Bei Elterngesprächen wird immer der Schüler kritisiert. Warum gibt es keine Noten für Lehrer und warum gibt es keine *Schüler*gespräche, wo man *die Lehrer* beurteilt?

Dass ein Erwachsener unverschämt ist, lässt sich selten beweisen. Ich habe eine Reihe von Situationen erlebt, in denen die Dinge total verdreht wurden und am Ende *ich* dafür angemotzt wurde, angeblich unverschämt zu sein.

Ich hasse es, wenn Erwachsene arrogant sind. Das Beste ist dann, sie komplett zu ignorieren. Schau sie einfach ausdruckslos an. Und wenn du selbst irgendwann erwachsen bist, erinnere dich daran, wie manipulativ es ist, wenn Erwachsene Kinder als unverschämt bezeichnen.

Ich hab mal eine Werbeanzeige gesehen, die hatte den Slogan: *Jetzt hat Ihr Teenie keine Ausrede mehr, Mamas und Papas Geldhahn anzuzapfen.* Okay, also, die Anzeige hätte sich mal besser an den Teenager gerichtet, es war nämlich ein Angebot für einen Schülerjob. Stattdessen haben sie sich lieber an die Eltern gewandt. Welcher Teenager hat Lust, in einem Betrieb zu arbeiten, wo man auf diese Weise über unsere Köpfe hinwegredet?

# 2. Habgier

Habgier bedeutet zum Beispiel, etwas besitzen zu wollen, das andere nicht bekommen können. *Mehr* haben zu wollen, als man eigentlich braucht.

Habgier kann einen dazu bringen, um Likes zu betteln. Sie führt zum Kampf um die Popcornschüssel. Oder um den letzten Hähnchenschenkel – vor allem, wenn einer ihn nimmt, ohne zu fragen. Dann sagen die Erwachsenen, man solle nicht so gierig sein, sondern anbieten, ihn mit den anderen zu teilen. Das sagen sie natürlich nur, wenn ein Kind den letzten Schenkel genommen hat.

Aber Habgier gibt es auch in der Welt der Erwachsenen: Ich habe von reichen Leuten gehört, die einer Firma viele Millionen gestohlen und auf ihr eigenes Bankkonto geschafft haben. Ernsthaft? So viel Geld kann man doch nie im Leben ausgeben. Und falls man es doch tut, fliegt man auf und landet im Gefängnis.

Gute Tipps gegen Habgier zu finden ist schwer. Das Wichtigste ist vermutlich Anstand. Man soll nicht immer nur an sich selbst, sondern zuerst an andere denken. Ist ja auch schön und gut. Solange es nicht um das letzte Eis im Gefrierfach geht, das ist nämlich *meins*.

# 3. Wollust

Wollust bedeutet Begehren und das führt manchmal dazu, dass man unbedingt mit jemandem zusammen sein will, mit dem man eigentlich nicht zusammen sein darf.

Ich weiß nicht, wie gut sich die Erwachsenen auf diesem Gebiet schlagen, aber mir ist aufgefallen, dass sich im Januar unglaublich viele Leute scheiden lassen. Das ist die Zeit nach den Betriebsweihnachtsfeiern, wo sich alle volllaufen lassen und *sämtliche* Hemmungen verlieren.

**Ich habe beim besten Willen keine Tipps, was diesen Punkt angeht, aber ich denke, man sollte andere so behandeln, wie man selbst von ihnen behandelt werden will.**

BOOM

# 4. Neid

Neid ist, wenn jemand etwas hat, das man selbst gern hätte. Manchen Erwachsenen ist sehr wichtig, das größte Auto/Haus/Designerstück zu haben.

Ich erinnere mich noch genau an eines der ersten Male, als ich tiefen Neid und eine maßlose Ungerechtigkeit empfand. Ich stand draußen und schaute ins Haus. Mein Bruder spielte sich hinter dem Fenster auf, wie nur Brüder es können, und aß vor meinen Augen genüsslich ein Überraschungsei. Ich war total außer mir und schrie, warum er ein Überraschungsei haben dürfe und ich nicht? Es war wahrscheinlich einfach nicht so gedacht gewesen, dass er es mir zeigte. In einer Ü-Ei-Packung waren – wie die meisten Kinder sehr genau wussten – ungerechte *drei* Eier. Wer hatte sich das bitte ausgedacht???

Ich höre eigentlich nicht so oft von Erwachsenen, die neidisch werden. Außer vielleicht, wenn man konfirmiert wird und die Erwachsenen mit an den Geschenketisch kommen.

Erwachsene bringen manchmal merkwürdige Kommentare wie zum Beispiel, dass *»wir jungen Leute das Leben ja noch vor uns haben«*. Ja? Und? Oder sie behaupten, die Jugend von heute bekäme aber auch wirklich alles auf dem Silbertablett serviert. Das sagt man garantiert schon seit Jahrhunderten. Manche Dinge ändern sich nie.

Ich finde Neid eigentlich nicht so furchtbar tragisch. Wenn etwas ungerecht ist, verstehe ich, dass man neidisch wird. Allerdings glaube ich, Neid kommt tatsächlich häufiger in reichen Ländern vor als in armen.

# 5. Völlerei

Völlerei, oder auch allgemeiner gefasst: Maßlosigkeit, bedeutet zum Beispiel, mehr zu essen oder zu verbrauchen als nötig. Es gibt Ärger, wenn man versehentlich eine ganze Packung Karamelleis verschlingt, die man zufälligerweise im Gefrierfach entdeckt hat. Die Erwachsenen erinnern einen außerdem immer sehr gerne daran, dass man nicht zu lange duschen darf. Man darf auch nicht vergessen, das Licht in seinem Zimmer auszuschalten. Das sei Stromverschwendung. Keiner lässt das Licht *absichtlich* an. Wir sind einfach vergesslich. Die Erwachsenen übrigens auch – bloß in anderen Bereichen.

Den Begriff Verschwendung benutzen die Erwachsenen auch, wenn man sie bittet, einen zu Lidl zu fahren, um Chips zu kaufen: *»Nein, das wäre Benzinverschwendung – du kannst doch laufen.«* Vielleicht ist das einfach eine Erwachsenenausrede, um faul zu sein und nicht Auto fahren zu müssen.

Aber Erwachsene sind auch manchmal verschwenderisch. Mein Vater kann gar nicht ausführlich genug beteuern, wie gut und fantastisch ein Rotwein ist – und dass man deshalb besser gleich sechs Flaschen kaufen sollte, wo er doch gerade im Angebot ist. Und es ist natürlich ungeheuer wichtig, dass meine Mutter eine Rolex bekommt, auch wenn ich persönlich vielleicht finde, wir sollten besser einen Pool kaufen, in dem die ganze Familie baden kann. Von dem, was ihre neuen Louboutin-Schuhe kosten, könnten wir alle eine Woche all-inclusive in die Türkei fahren. Aber neeein, *sie* sind ganz bestimmt nicht verschwenderisch …

# 6. Zorn

Zorn bzw. Wut ist ein Gefühl, das zum Beispiel entsteht, wenn man sich schlecht behandelt fühlt. Wut ist gar nicht so schlecht. Wut kann man sogar nutzen, um ein schlechtes Erlebnis zu vergessen. Es ist besser, wütend zu sein als traurig. Wut lähmt einen nicht. Ein guter Tipp *für alle wäre*, zu lernen, seine Wut zu kontrollieren. Und sie sinnvoll zu nutzen.

Ein Tipp für den Umgang mit wütenden Erwachsenen: Versuch, ihnen direkt zu helfen, wenn ihr Ärger anfängt, sich zu einem Wutanfall zu entwickeln, der sich über dir entladen könnte. Das Problem ist, dass ein solcher Wutanfall in ihrem Alter gefährlich sein kann. Wut kann nämlich ihren Blutdruck erhöhen. Vielleicht kriegen sie sogar einen Herzinfarkt.

Hilf also den Erwachsenen, wenn du siehst, dass ihre Gesichtsfarbe von Rot zu Lila übergeht – das könnte so weit führen, dass ihr Kopf abfällt, und das wäre ungünstig.

Schlag ihnen zum Beispiel vor, einen Spaziergang zu machen, oder frag, ob ihr heute Abend darüber reden könnt, weil du jetzt dringend noch einen Aufsatz fertig schreiben müsstest. Auch ein Ninja Move bietet sich an, um sie erst mal aus der Gefahrenzone zu holen und später alles in Ruhe zu besprechen.

ARGH!

# 7. Trägheit

Trägheit bedeutet, dass man keine Lust oder keine Energie hat, die Dinge zu tun, die man tun müsste.

Du kommst zum Beispiel von der Schule nach Hause, schmeißt dich aufs Sofa, schaust einen Film und *bist einfach* nicht in der *Lage*, die Spülmaschine auszuräumen. Oder morgens kommt es vor, dass du nicht die Kraft hast aufzustehen – es ist, als würde jede Faser deines Körpers immer noch schlafen. Oder vielleicht fordern dich deine Eltern auf, mit dem Hund rauszugehen. Dann schaust du ihn an und denkst: *Och nee, nicht schon wieder … Der hält's bestimmt noch ein Weilchen aus.*

Ein guter Rat wäre, deine trägen Gedanken zu überrumpeln. Spring zum Beispiel aus dem Bett, damit dein Gehirn gar nicht erst die Zeit hat, Ausflüchte zu erfinden.

Wenn die Erwachsenen träge sind, nennen sie es anders. Sie sagen, sie seien »total kaputt« oder »schrecklich gestresst«. Deshalb müssen sie sich jetzt erst mal hinsetzen und ein bisschen *meditieren*.

# Liebe Erwachsene,

ich dusche lang. Ich schlafe lang. Ich verbringe viel Zeit am Handy, um mit meinen Freunden zu schreiben. Ich kann durchaus sozial sein, indem ich Computer spiele. Ich kann 14 Stunden am Stück Serien schauen, ohne müde zu werden. Dafür werde ich schon müde, wenn ich nur daran *denke*, das ganze Haus staubsaugen zu müssen. Das ist vollkommen natürlich für Teenager.

Gebt mir Zeit, um mitzukommen. Gebt mir Zeit, um zu lernen.

Redet *mit* mir statt *zu* mir oder *über* mich. Glaubt nicht, ich hätte keine Lust, mit euch zu reden – vielleicht ist es einfach nur der falsche Zeitpunkt.

Lasst mich in Frieden. Aber mischt euch trotzdem ein.

# Danke

Danke an alle, die mich unterstützt haben. Danke an meine Freundin Yasmin, die viele Punkte und Theorien mit mir diskutiert hat. Danke an Frank Høedt für die vielen inspirierenden Gespräche, die er auf Augenhöhe mit mir geführt hat. Danke an Peter Qvortrup Geisling für das Schreiben des Vorworts und für die tolle pinke Angelrute. Und danke an meine Mutter, die mir geholfen hat, meine Gedanken zu ordnen, damit sie zu diesem kleinen Buch werden konnten. Meiner Mutter und meinem Vater danke ich dafür, dass ich so viele Beispiele aus unserem Alltag benutzen durfte.

Ich hoffe, meine Gedanken können dir eine kleine Hilfe dabei sein, ohne allzu viele Schrammen durch die Teenagerjahre zu kommen – und ein bisschen über das Ganze zu schmunzeln. Vielleicht bringen sie dich auf Ideen, wie du mit Eltern umgehen kannst, die ganz besonders von all den Herausforderungen des Erwachsenenlebens betroffen sind.

*Nina Lynggaard Jørgensen, 15 Jahre*

# Über die Autorin

Nina wurde 2003 geboren und ist in einem kleinen Vorort von Aarhus in Dänemark aufgewachsen.

Sie wohnt abwechselnd bei ihrem Vater und ihrer Mutter, die sich scheiden ließen, als sie vier war, und sie hat zwei Halbbrüder.

Nina liebt Waveboardfahren, Schwimmen und Kochen und sie hat eine Vorliebe für Horror- und Splatterfilme. In ihrer Freizeit lernt sie an der Filmschule *Station-Next* Filme zu drehen und steht begeistert hinter der Kamera oder plant Filmproduktionen mit.

In ihrem Zimmer findet man u. a. eine Staffelei mit eigenen Van-Gogh-Gemälden und -Zeichnungen sowie Kunstblut und Flüssiglatex, das sie für Special Effects wie z. B. abgeschnittene Hände benutzt.

Während der Produktion eines dänischen Spielfilms hat sie ein Praktikum als Haar- und Make-up-Artistin bei der bekannten Stylistin Kirsten Zäschke gemacht.

Nina ist eine Globetrotterin und hat über 15 Länder bereist. Außerdem hat sie immer Glück im Spiel.

# Übersetzung:

Franziska Hüther, geboren 1988, studierte Skandinavistik und Kinder- und Jugendliteraturwissenschaften in Frankfurt am Main und Reykjavík. Sie lebt als freie Übersetzerin aus dem Dänischen, Schwedischen und Norwegischen im Odenwald bei Darmstadt.

## Ebenfalls für starke Jugendliche, die für ihre Ideale einstehen und ihren eigenen Weg gehen

Kyra Groh
Mein Leben als lexikalische Lücke
448 Seiten
€ (D) 18,- / € (A) 18,50
978-3-03880-044-6

Arctis

Benni und Jule fühlen sich wie lexikalische Lücken. In ihrem Wortschatz gibt es keinen Begriff, der ihre innere Zerrissenheit beschreiben könnte. Sie hadern mit dem Weltbild ihrer Eltern und versuchen auf ihre Art, daraus auszubrechen und ihren eigenen Idealen zu folgen. Für Benni bedeutet das: Wissenschaft statt Glaube, für Jule: Freitagsdemonstrationen statt rechter Polemik am Frühstückstisch. Doch wie können sie für etwas einstehen, wenn ihre Familien nicht hinter ihnen stehen?
Als Benni und Jule einander kennenlernen, wird ihr Leben bunter, komplizierter, aber auch so viel erträglicher. Und sie merken, dass es vielleicht gar keine Worte braucht, um die Lücke zu schließen ...